최하림 시선집
나는 나무가 되고 구름 되어

펴낸날   2020년 4월 22일

지은이   최하림
엮은이   장석남 박형준 나희덕 이병률 이원 김민정
펴낸이   이광호
주간   이근혜
편집   최지인 이민희 조은혜 박선우
펴낸곳   ㈜문학과지성사
등록번호   제1993-000098호
주소   04034 서울 마포구 잔다리로7길 18 (서교동 377-20)
전화   02)338-7224
팩스   02)323-4180(편집) 02)338-7221(영업)
전자우편   moonji@moonji.com
홈페이지   www.moonji.com

© 최하림, 2020. Printed in Seoul, Korea

ISBN 978-89-320-3621-2 03810

이 도서의 국립중앙도서관 출판예정도서목록(CIP)은 서지정보유통지원시스템 홈페이지
(http://seoji.nl.go.kr)와 국가자료공동목록시스템(http://www.nl.go.kr/kolisnet)에서
이용하실 수 있습니다. (CIP제어번호: CIP2020013529)

나는 나무가 되고 구름 되어

나는 나무가 되고 구름 되어

최하림 시선집

장석남 박형준 나희덕 이병률 이원 김민정 엮음

문학과지성사

일러두기

1 이 책에 수록된 작품은 『최하림 시전집』(문학과지성사, 2010)을
   기준으로 편집하였다.
2 원문의 한자는 가능한 한 한글로 바꾸었으며, 작품 이해를 위해
   필요한 경우에는 한자 병기하였다.
3 원문을 훼손하지 않는 선에서 국립국어원 어문 규법에 따라
   단순한 띄어쓰기 및 단어 표기가 수정되었다.

최하림 10주기
기념 시선집을 펴내며

이 시선집은 최하림 시인 10주기를 맞아 그의 문학적 숨결을 동시대 독자들과 다시 나누기 위해 기획되었다. 최하림의 문학 자장 안에 있었던 여섯 명의 시인(장석남·박형준·나희덕·이병률·이원·김민정)이 그의 시들을 시기별로 나누어 선해주었다. 이 선정 작업은 과정 자체가 최하림과 후배 시인들이 나누는 따뜻한 문학적 대화의 시간이었을 것이다. 여기는 시인과 시인, 시인과 시가 오로지 문학이라는 이유만으로 만날 수 있는 각별한 장소이다. 이곳은 최하림을 기억하고 다시 읽는 모든 사람이 공유하는 고요한 공감의 자리가 될 것이다.

시인 최하림은 4·19세대의 문학적 출발을 알리는 신호탄이었던 『산문시대』 일원으로서 새로운 감수성의 시대에 참여했다. 『최하림 시전집』의 서문에서 쓴 대로 시인은 "존재하는 것들은 배후 없이 있을 수 없다"는 태도로 시적 상상력을 펼쳐냈다. 그는 "침묵은 고여 있지 않습니다" "침묵은 흘러갑니다"라는 사유를 통해 '침묵을 쓴다'는 일의 지난함을 겸손하고 아름답게 감당해왔다. 이 선집이 1962년부터

5

2010년까지의 시간 속에 흐르는 최하림의 언어와 사유의 모든 것을 보여주지는 못하겠지만, 그가 마주한 '속이 보이는 심연'의 감각을 독자에게 전해줄 것으로 믿는다.

차례

1부
밤은 시나 쓰며 살아야 할 나라

2부
가을, 그리고 겨울

3부
다시 구천동으로

1부

밤은
시나 쓰며
살아야 할 나라

빈약한 올페의 회상

나무들이 일전日前의 폭풍처럼 흔들리고 있다

먼 들판을 횡단하며 온 우리들은 부재不在의 손을 버리고
쌓인 날들이 비애처럼 젖어드는 쓰디쓴
이해理解의 속 계단의 광선이 거울을 통과하며
시간을 부르며 바다의 각선脚線 아래로
빠져나가는 오늘도 외로운
발단發端인 우리

아아 무슨 근거로 물결을 출렁이며 아주 끝나거나 싸늘한
바다로 나아가고자 했을까 나아가고자 했을까
기계가 의식의 잠 속을 우는 허다한 허다한 항구여
수없이 작별하고 수없이 만나는 선박들이여

이 운무雲霧 속, 찢겨진 시신들이 걸린 침묵 아래서
나뭇잎처럼 토해놓은 우리들은
오랜 붕괴의 부두를 내려가고
저 시간들, 배신들, 나무와 같이 심은 별
우리들의 소유인 이와 같은 것들이

육체의 격렬한 통로를 지나서
불명不明의 아래아래로 퍼져버리고

　　*

나의 가을을 잠재우라 흔적의 호수여
지금은 물속의 시간, 가라앉은 고향의
말라들어 가는 응시에서 핀
보랏빛 꽃을 본다

나무가 장난처럼 커 오르고
푸르디푸른 벽에 감금한 꽃잎은 져 내려
분홍빛 몸을 감싸고
직모물의 무늬같이 부동不動으로 흐르는
기나긴 철주鐵柱를 빠져나와 모두 떠오른다

　여인숙에서처럼 낯설게 임종한, 그다음에 물이 흐르는 육
체여
　아득히 다가와 주고받으며 멀어져가는 비극의 저녁은
　서산에 희고 긴 비단을 입고 오고 있다
　아주 장대하고 단순한 바다 위에서
　아아 유리디체여!

　(유리디체여 달빛이 흐르는 철판 위

인간의 땀이 어룽져 있는 건물 밖에는
달이 떠 있고 달빛이 기어들어 와
파도 소리를 내는 철판 위
빛 낡은 감탄사를 손에 들고 어두운
얼굴의 목이 달을 보면서 서 있다)

  *

푸르디푸른 현絃을 율법의 칼날 위에 세우라
소리들이 떨어지면서 매혹하는 음절로 칠지라도
너는 멀리 고향을 떠나서 긴 팔굽만을 슬퍼하라

들어가라 들어가라 계량하지 못하는 조직 속
밑 푸른 심연 끝에 사건이 매달리고
붉은 황혼이 다가오면 우리들의 결구結句도 내려지리라

  *

아무런 이유도 놓여 있지 않은 공허 속으로
어느 날 아이들이 쌓아 올린 언어
휘엉휘엉한 철교에서는 달빛이 상처를 만들며 쏟아지고
때 없이 달빛이 달린 거기

나는 내 정체正體의 지혜를 흔든다

들어가라 들어가라 하체下體를 나부끼며
아이들이 무심히 선 바닷속으로

막막한 강안을 흘러와 사아死兒의 장소 몇 겹의 죽음
장마철마다 떠내려온, 노래를 잃어버린 신들의 항구를 지
나서

유리를 통과한 투명한 표류물 앞에서 교미기의 어류들이
듣는 파도 소리
익사한 아이들의 꿈

기계가 창으로 모든 노래를 유괴해 간 지금은 무엇이 남아
눈을 뜰까

……하체를 나부끼며 해안의 아이들이 무심히 선 바닷속
에서.

겨울의 사랑

겨울의 뒤를 따라 밤이 오고 눈이 온다고
바람은 우리에게 일러주었다
리어카를 끌고 새벽길을 달리는
행상들에게나 돌가루 냄새가
코를 찌르는 광산촌의 날품팔이 인부들에게
그리고 오래 굶주릴수록 억세어진 골목의 아이들에게
바람은 밤이 오고 눈이 온다고 일러주었다
바람은 언제나 같은 어조로 일러주었다
처음 우리는 이 말이 무엇을 뜻하는지
알지 못했으나 반복의 강도 속에서
원한일 것이라고 여기게 되었다
원한은 되풀이 되풀이 되풀이하게 하는 것이다
벌거벗은 여인을 또다시 벌거벗게 하고
저녁거리 없는 자를 또다시 저녁거리 없게 하고
맞아 죽은 놈의 자식을 또다시 맞아 죽게 하는 것이다
그리하여 언제나 피비린내가 그칠 날이 없게 하는 것이다
아아 짓밟힌 풀포기 밑에서도 일어나는 바람의 시인이여
어쩌다 우리는 괴로운 무리로 이 땅에 태어나게 되었나
어쩌다 또다시 칼날 앞에 머리를 내밀고

벌거벗은 여인이 사랑을 말하려고 할 때
잠자리에 들려고 할 때
사랑이 그들의 머리칼을 창대같이 꼿꼿하게 하고
불더미 속에서도 죽지 않는 영생으로 단련하는 것같이
단단하고 매몰차게 세상을 살아야 한단 말인가
아아 바람의 시인이여 이제야 우리는 알겠다
그들의 골수 깊은 원한이 사랑을 가게 한다는 것을
쇠붙이는 불길 속에서 단련되어진다는 것을
바람은 그것을 밤이 오고 눈이 온다고
말하여주고 있는 것이다 그렇게 겨울의
견고한 사랑을 말하여주고 있는 것이다

겨울 우이동시 牛耳洞詩

나는 오늘 적막한 걸음으로 우이동 숲을 걸어가면서 본다
눈이 여린 가지에 내려 쌓이고
길들을 덮고
각각의 사물이 제 자신에로 돌아와
말없이 눈을 맞아들인다
무성한 이파리를 떨어뜨리고 앙상한 지체 枝體 만으로 선
겨울 상수리나 가지 새로 울며 날아가는 겨울새나
더 이상 아무 가질 능력 없이 비렁뱅이 신세로
떠도는 도시 유랑인의 마음과도 같이

우리 머리에 내리고
들산에 내리고 흙에 스미는 눈
우이동의 눈이여 우리는 무엇으로 너희를 맞을 수 있을까
저 아름다운 사부랑 눈이라 해도 어떻게 노래할 수 있을까
그러나 눈 위로 걸어가는 우리 발자국이
이미 노래이며 향수임을 누가 부인하며
맑은 공기나 찬바람이 진종일 소나무 숲을
울리어 제 존재를 드러내듯이
눈 속에서 우리 존재가 제 본성을 드러내고

원래 의미를 되살림을 누가 마다할 수 있을까

우이동의 눈이여 나는 걸어가면서 생각한다
우리가 처음 보던 바다와 겨울나무 밤새들
그리고 잠 아니 오는 밤의 불안한 의식 속에서 들은 냇물
소리
그런 시간의 아이들의 순한 얼굴과 아내의 옛 모습
눈과 같은 사람들의 모습

세석평전細石平田에서

진종일 내린 비로
말갛게 씻긴 세석평전의 별들이 빛난다

침엽수들이 부우옇게 머리를 들고
일어나고 밤새들이 소리 없이 날아간다

갖은 생각을 버리고 앉는다
세상이 장려하고 고요해진다

밤마다 오가는 이들의 슬픔을
속속들이 슬퍼할 수 없는 잡목 숲에

봄 여름 갈 겨울이
차례로 내려앉는다

이슬방울

이슬
방울
속의
말간
세계
우산을
쓰고
들어가
봤으면

시詩

나의 시가 말하려 한다면
말을 가질 뿐 산이나 나무를
가지지 못한다 골목도 가지지 못한다

등불이 꺼지고 우리들이 깊은
어둠 속으로 들어가 불을 피우는 동안
불길이 타올라
불의 벽에 서리는 그림자들의
꿈이여 빛이여

바람 소리 어둔 벌에 꽉 찬 영산강을 따라
걸어가고, 찢어지는 소리로
강물이 하늘의 마음을 울린들 어느
누가 낮은 가슴으로 울 수 있으리오
침묵인들 어떤 음조로 울리오

지옥의 기슭에 비 내리는 밤
나무들이 젖고 산이 젖고 주정뱅이들이
골목에 쓰러져 있으니 무덤들이 젖고 있으니

시詩

눈이 지천으로 오는 밤에 시를 써야지

머리를 눈에 박고 써야지

눈 속을 걸어가는 사내 몇

불을 찾는 사내 몇

겨울 까마귀 몇

죽은 자들도 이런 밤엔 불을 찾아

몇 날이고 몇 밤이고 언덕을 넘겠지 그들의 목소리가

벌판을 헤매겠지 그들의 불을 찾으러? 꿈꾸는 불? 붉은

불? 그 불 속에

밤차가 달리고 겨울 까마귀들이 공중을 떠돌겠지

―겨울 까마귀가 중부 지방엔 없어요, 여보

중부 지방이 아니야 내가 말하는 건…… 남부 지방이야

나는 그 살도 뼈다귀도 안다 바람이 그들 소리로

하늘을 울리는 걸 안다 당신도 그걸 알았으면 좋겠어

아이들도 이웃도…… 그 나라의 하늘로

머리를 빗겨 내리며 불빛 속에서

마음을 드러내고

어머님이 나를 보시듯, 그래 어머님이……

오오 떠오르는 어머님이여

그날 저녁 우리는 어둔 거리를 헤맸습니다

세종로 우체국 옆 담배 가게에서 솔을 한 갑 사고, 거스름
돈을 받고, 어느 술집으로 들어갈까 망설이면서 거리 끝까지
걸어갔댔습니다

풍경

그날 우리들은 빠른 걸음으로
허겁지겁 언덕을 올라갔다
소금기 섞인 바람이 오고 있는 서남쪽으로
염전의 수차들이 빈 바람에 돌고
바다 건너 섬들이 오돌오돌 떨고
하늘에서는 눈이 내리고 새들이 날고
키 높은 나무 아래로 새들은
희고 길게, 영산강보다도 섬진강보다도
갑오년에 굶어 죽은 비렁뱅이 너털웃음 소리보다도 길게
내리고, 구름을 빠져나온 검은 물체가 빠르게
그림자를 떨어뜨리면서 지나가고, 모든 배의 돛이
바다 쪽으로 펄럭이는 언덕에서 우리들은 보았다
눈에 묻힌 겨울이 들라크루아의 풍경처럼 엎어져 있었다

어두운 골짜기에서

짐승들이 골짜기로 내려가는 소리와 시냇물
소리, 말발굽 소리 들으면서
갈나무가 숨 쉬는
비탈로 내려갔다
아무도 모르는 새 우리 집은
점령당하고
아이들은 꽁꽁 묶인 채
잠들었다 떨어진 나이프가 번쩍였다
그런 밤엔 아무리 달려도 산이
보이지 않았다 우리나라에서는 어떤
산도 보이지 않았다 산 밑으로 사라진
사람들의 그림자를 그리며 내내
침묵할 뿐

그런 줄도 모르고 옛날엔
훌륭한 삶을 원했지 크고
큰 사랑으로 말을
굴리고 하늘을 날아
사물을 보려고 했었지

해 저문 삼림 속 그윽한 숲길에도
시멘트 바닥에 누운 의지 가지 없는
떠돌이에게도, 그들이 사는 골목과
들판에 어둠이 넘치어 얼마나 심하게
심장이 떨리고 있었던지

　오오 보이지 않는 바람에 저리도 많은 날개를 흔드는 나무
들이여 어두워지는 나무들이여 그대 머리의 별은 돌아오지
못하는 이들의 눈빛보다 캄캄하고 불에서 출발해 죽음에서
출발해 물속을 달리는 천리마보다 눈부신 나무들이여 우리
가 죽고 죽은 다음 누가 우리를 사랑해줄 것인가 누가 골짜
기를 거닐 것인가 속삭일 것인가 산보다 깊은 어둠에서 일어
나는 나무들이여…… 나무들이여……

마음의 그림자

하염없이 먼 길을 걸어왔다

드문드문 나무들이 서 있었고

여린 가지들이 부러질 듯 바람이

불고 있었다 언덕배기도 있었다

콧수염을 기르기 전의 원갑회元甲喜가 언덕배기를 넘어

개구쟁이들과 앞서거니 뒤서거니 가고 있었다

불러도 대답하지 않았다

섭섭지 않았다 옛날의 눈물이 무지개로

기일게 서산西山에 떠올랐다 시詩라고들 그랬다

『밝은 그늘』(프레스 21, 1999)이라는 아주 조그만 책자가 있었습니다. 내 방 책꽂이에 낡은 대로 하나가 꽂혀 있어서 가끔 자료를 찾느라고 두리번거릴 때마다 아주 잠깐 저릿하게 눈에 띄는 책자입니다. 막상 꺼내서 펼쳐 보는 일은 잘 없습니다. 거리에서 예정에 없이 육친을 만날 때의 기분 같은 것이 그 조그만 물건에도 있었던 듯싶습니다. 선생님의 회갑을 기념한답시고 주제넘게 나섰던 일의 유물입니다. 벌써 20여 년 저쪽의 일이 되었습니다. "밝은 그늘"이라고 책 제목을 정할 때의 기분을 상기합니다. 책을 앞에 놓은 식사 자리에서 다행히도 선생님은 그 제목을 좋아하셨습니다.

지난겨울, 목포에 가까워진 분이 생겨서 두 차례나 갔었습니다. 선생님과 동행해 앉아 있던 자리들을 둘러보게 되었습니다. 갯가, 유달산 기슭, 오거리 들을 다녀보았습니다만 선명함은 시간에게 많이 빼앗겼고 역시 선생님의 목소리와 그 '그늘'들이 몇 장면씩 명확히 떠오를 뿐이었습니다.

초기 시편 중에서 열 편을 골라 달라는 부탁을 받고 전집을 펼칩니다. 선생님이 손수 꾸려두었던 원고를 서울대 분당 병원 병실에서 제게 건네던 장면이 떠오릅니다. 목소리가 잠시 떠듬떠듬 흔들렸습니다. 자꾸 이리저리 넘겨봅니다만 쉽게 고를 수 없습니다. 초기부터 줄기차게 '겨울'이 따라

붙는 세계입니다. 목포는, 또 선생님의 태생지인 신안 안좌는 지금이나 예전이나 따뜻한 고장인데 말입니다. 『겨울 깊은 물소리』(열음사, 1986)를 내실 때가 선생님을 처음 뵙고 두어 해 더 지난 때의 '겨울' 끝자락이었습니다. 선생님을 뵙지 못한 지 10년이 지났습니다. 자꾸 시간 얘기만 하게 됩니다. 선생님의 시도 '시간'과 사귀거나 싸우던 세계가 아니었나 평소 생각하던 바입니다. 충북 영동 호탄리의 적막하던 어느 저녁이 그립습니다.

장석남

음악실에서

걸어갈거나, 오늘도 나는 걸어갈거나
음산한 바람은 버릇같이 나를 달래고
어느 한곳에서도 지워지지 않는,
기러기 떼처럼 하늘을 흔들며 가고
온종일 지저귀다가 보는 저녁 햇빛을 받은
떨어진 잎새의 흔적들
참 저녁 햇빛은 우리 것이다 저녁 햇빛은 우리 것이다
이렇게 피곤할 때면 나는 어머니 곁으로 가 누우리 어머니
곁에 누우면 물소리 흐르는 나무들이며 이파리들이며 그리도
조용한 삼라만상이 내 생전 처음 내 곁에 와서 소곤거리고,
나는 얼굴을 숙이고,
나를 팔아먹은 여자 생각도 않고,
부끄러운 신부처럼 귀를 모으고,
홍건히 어깨 적시는 비여……
공중에서 내리는 비여……

가을의 말 1

성녀聖女들의 천막이 거두어 간 나의 주위에는
달아볼 수 없는 죽음의 차거운 공기가 누워 있다
해가 나무 곁에서 멈칫거리고 있다
달력의 부우연 연상이 손에서 떨어져가버린 뒤
바다는 육지를 향하여 부드럽게 부드럽게 팔랑거리고

창백한 돌마다 번쩍거리고 있는 혜지
여기서 이미 얻어진 결론을 내고
나는 기다릴 아무것도 없다
흐르는 밤 속에서 튀어 오르는 슬픔을 가져다주는 것은
가을이라든가 여자는 아니다
그러나 나는 슬픔 속으로 손을 들고 일어서고 있다
모르핀의 침살에서 추억하고 있는 공간의 새들같이

바다는 한없이 흘러가고 있고
어디메에선가 첩첩이 말들의 긴 말
지금은 무더웠던 어둠의 뒤에서 가리운
경비정의 무적이 잠자는 하늘을 울고
어두운 아이들의 미래를 죽어가면서도 계속하고 있는

인간의 버리지 못한 버릇을

무적은 잠자는 하늘을 울고

인간의 환상과는 동떨어진 바다
북쪽을 기다리는 겨울의 바람 속에는 희망이 없고
언제나 있는 파장의 적막 속에서 적막이
닻줄을 끊으면서 안벽岸壁을 휩쓸어가고 있다

마른 가지를 흔들며

가뭄이 타는 대지를 걸어 당신께서는
신작로 끝의 앙상한 나뭇가지를 흔드시고
앙상한 가지들은 일제히 마른 소리를 냈습니다
당신께서는 앞개의 수답水畓에서 잃으신
수확을 그렇게 정성으로 보충하셨습니다
겨울이 소리 없이 뒤를 따라왔습니다

이삼월의 기근이 골목을 누비고
오막살이를 심하게 흔들 때에도
흰 무명으로 누추함을 감싸시고
당신께서는 언제나 그늘이 길게 뻗친
저녁의 네거리와 그 언저리에서 떠나셨습니다

아아 그때의 어귀에서 흔들리던 일정
오랜 해수처럼 가래를 끌록이면서
바닷가에서는 이윽고 소복소복 눈이 내리고
눈먼 소년이 더듬거리며 눈을 밟고 갔습니다

어머니여 이제는 나도 눈먼 소년과 같이

어둠을 밟고 갑니다 휘어진 도시의 거리에서

그들이 넘어지는 소리를 듣습니다

그들이 패배하는 소리를 듣습니다

그들이 우는 소리를 필경은 들을 것이고

그리고 도시의 앙상한 가로수를 흔들고

가로수들이 마르게 마르게 소리하는 것을 들을 것입니다

비가

흔들리고 증오스러운 달빛이 확신의 지방으로 흐르는
밤에 우리들은 무슨 까닭으로 깨어 있었던가
우리들은 그를 사랑했던가
아니다 이제는 버릴 수 없는 쓸쓸한 밤이여
외로움이 그를 가게 한 뒤로 밀려드는 눈물의 안개
그리고 제방을 타고 오르는 파도 소리
소리는 더욱 크고 높게 울부짖는다
우리들은 흙바람벽을 짚고 일어선다
창밖에서는 비바람을 실은 소리들이
심하게 지붕을 두드리고
한 줌의 희망도 없이 두드리고(우리 귀를
우리의 소리에 잠들게 하고)
보아라 칼 아래 잠든 밤이여
사랑의 아름다움을 알고 바라던 밤이여
소리가 지날 때마다 사방은 해초처럼 설레고
마음이 심하게 흔들리기 시작했으므로
이제는 진정하여야겠다 확실한 많은
시간들이 기다리고 있을 테니까 그때를
위하여 슬픔을 버리고 헛된 눈물을 버리고

흐느끼는 듯한 진실을 만들어야겠다
가만히 흔들리는 바다로 바다로 가
일대를 조용하게 할 질문을 들어야겠다
먼 현실로 돌아가 내가 나일 수 있다면……
나일 수……
있다면……

강설降雪의 시

이윽고 눈과 함께 설야雪夜가 우리를 찾아오리라

그곳으로 어서 빨리 나는 가야 한다 그 깨끗한 것들을 지켜
야 한다 그래서 걸음을 울리며 가고 있다
염소들이 울고, 어머님의 과로가 가축을 부르며 언덕을 넘
어가고
빈 들을 돌아오는 울음소리 울음소리 들리는 곳으로 가고
있다

아아 울음 속에 명철이 흐르듯이 어머님에게로 사는 발자
국들이 눈 속에 살아 있다
삼나무 가지를 흔드는 어머님의 미련에 빛나는 생활이 살
아 있다

살아라 살아라 살아라 어머님의 생활이여
화답할 수도 없고 들을 수도 없는 겨울의 들녘에서 살아라
살아라 생활이여

가축을 부르며 당신의 과로가 가듯이, 늙은 순례자들이 가

듯이

우리들의 소리도 이제는 따라서 그 들녘으로 가고 있다

밤나라

긴 여름, 산 백일홍이 수다스레 피어나고
바다가 타올라 바알갛게 산색山色을 물들이면
가장 높은 곳으로 우리들은 올라가
얼마나 나무가 되려고 했던가
별이 되려고 했던가
자라는 꿈을 키우면서
"여보게 술을 마시세 술을 마시세
마시다 취하면 밤을 걸어가세
끝없이 헤어진 밤을 걸어가세"라고 하면서

그러나 밤은 보이지 않는 나라
사랑이 없는 나라
밤은 불이 그리운 나라
고통스러운 나라

스태그플레이션이라나 뭐라나 한
현상 속에서 물가가 춤추듯 뛰어올라
벼랑을 때리듯, 숨 막히는 파도로서 물결이 그렇게 때리듯,
그러다가 나자빠지듯,

밤은 시나 쓰며 살아야 할 나라
고통스러운 나라

겨울 정치精緻

큰 나무들이 넘어진다 산과 산 새에서
강과 강 새에서 마을 새에서
길을 벗어난 사람이 어디로인지 달리고
길러진 개들이 일어서서
추운 겨울을 향하여 짖는다

한 방향으로 흐르는 작은 강을 따라
우리들은 입을 다물고 걸어간다
저녁 그림자처럼 걸어간다 마을도
나루터도 사라지고 과거도 현재도
보이지 않는다 날아가는 새들의
불길한 울음만 공중에 떠돌며
얼어붙은 겨울을 슬퍼하고

언덕도 상점도 폭설에 막히고
거리마다 바리케이드 쳐져
사람들이
어이어이어이 울부짖고
갈색 옷을 입은 사내 몇, 들리지 않는 소리로

진정하라고 말하고 또 다른 소리로
진정하라고 말하고 그 소리들이 모여
겨울나무를 넘어뜨린다

꽁꽁 언 새벽 여섯 시, 지령地靈처럼 걷는
사람들 새로 우리들은 걸어간다
살얼음의 아픔이 여울마다 일어나고
흰 말의 무리가 하늘의 회오리 속으로
경천동지하며 뛰어올라 갈기를 날리고,
우리와는 다른 방향으로 일단의 사내들이
사냥개를 끌고 온다 개들이 짖는다
이제는 얼어붙은 우리들의 꿈이여
눈과 같은 결정체로 삼한三韓의 삼림에 내리어오라
기다리는 노변에서 상수리 숲도 우어이우어이
울고 겨울새도 울고 우리도 울고 있다

저녁 바다와 아침 바다

광산촌의 여인은 보고 있었다 물에 뜬 붉은 바다
날빛 새들이 날아오르고 물결에 별들이
씻겨져 제 모습으로 가라앉고
상수리가 한 그루 흔들리고 있었다
키 작은 사내는 밤새도록 술을 마시다가
일천 피트 어둠 속으로 사라져갔으나
가도 가도 막막한 어둠뿐 모두 다 뜨내기와 갈보뿐
낡아빠진 궤도차가 달리는 길목에서
어허와어허와 궤도차가 달리는 길목에서
우리들은 밤새도록 술을 마시고 젓가락을 두들기며 노래
불렀으나, 신참내기 전도사도 노래 불렀으나 가슴의
멍울은 풀리지 않고 싸움도 끝나지 않았다
보이지 않는 슬픔만 달빛이 내리는
나무 그늘이라든가 산등에서 아주 낮게
흘러내리고 어떤 적의도 없이 흘러내리고
밤이 가고 아침이 오고
새들 무리가 무의미하게 날아오르고
물결에 흔들리는 여인의 얼굴 위로
오만 잡상이 흔들리고 있었다

부랑자의 노래 2

유리창 앞에서 물끄러미
하나의 별이었던 우리들을 본다
신안 앞바다 소금밭에서 소금을 구워 먹고
입추가 지나면 지리산으로 벌목하러 가던,
벌목이 끝나면 또 긴긴 겨울밤 눈보라를 헤치며
소금의 쓰라림, 여린 마음의
별의 쓰라림을 씹으며
무엇이 옳고 무엇이 그른지 생각할 수도 없이
한없는 길을 헤매이다가
소금에도 벌목에도 눈보라에도
길들여져버리고 쓰라림에도 길들여져,
물 같은 시간을 흘러서
시구문이라든가 남양만에서, 또
일거리 없는 서해안의 싸구려 여인숙에서
잠 아니 오는 밤을 보내이느니,
일하고 먹고 말하고 생각하는 것,
그 가운데서 구하고자 하는 것, 그것은
대체 무엇인가, 무엇이어야 하는 것인가,

유리창 앞에서

우리들 삶의 소란스러움은

거리와 시장 언저리에서 떠난다

그리고 그 시간의 어머니들의 머리는

어느 때보다도 빛나고 요란스럽다

그리하여 밤으로 달려가고 있는 제 가정家庭의 슬픔을

벗어나려는 여인들이여 허리 구부린 여인들이여

나는 오늘 별들처럼 총총하고 싶어서

없는 유리창의 유리를 닦고 있다

나는 사는 게 힘들어질 때마다 최하림 선생님을 찾아뵙
곤 하였다. 선생님을 뵙고 나면 마음속에 가득한 엉킨 실타
래가 풀렸다. 강물이 흘러가는 듯한 선생님의 저음의 목소
리를 듣고 있다 보면 선생님의 시 한 구절처럼 "물소리 흐르
는 나무들이며 이파리들이며 그리도 조용한 삼라만상이 내
생전 처음 내 곁에 와서 소곤거리고"(「음악실에서」), 그사이
상처 난 마음에 빨간 약이 발라져 있었다. 대학 1학년 때부
터 변변한 직장 하나 없이 사회생활을 하던 20여 년이 훌쩍
넘는 기간 동안 삶이 어렵고 고민이 많을 때마다, 나는 찾아
뵐 스승이 계신다는 것만으로도 삶에서나 문학적으로나 복
을 타고났다고 믿게 되었다. 선생님은 어렵게 사는 게 뻔한
제자에게 어떻게 사는지, 또한 제자가 쓰는 시가 어떤지에
대해서도 묻거나 평가하지 않으셨다. 하지만 선생님을 뵙고
집으로 돌아오면 마음속에 가득한 안개들이 조금씩 걷히고
맑아져서 다시 시를 쓸 수 있는 힘을 얻을 수 있었다.

선생님은 가을과 겨울의 시인이라고 할 만큼 그 두 계절
에 대한 시를 많이 쓰셨다. 특히 초기 시에서는 겨울 풍경이
빈번하게 출현한다. 나무들과 거리와 집은 꽁꽁 눈에 얼어
있고, 그래서 풍경 속에서 추운 삶이 드러나 보인다. 선생님
은 자신의 이런 시를 '강설의 시'라고 하시고 그런 제목으로

시를 쓰기도 하셨지만, 그 안에는 연민의 감정이 관류하고 있다. 선생님은 한 산문에서 다음과 같이 말씀하신 바 있다. "그 연민이 어둠과 외침을 동반하고 나올 때 사회성을 띠게 되고 개인의 시각을 취하고 나올 때 괴롭고 쓸쓸한 내면 풍경을 그리게 된다. 그 사회성과 개인성은 다른 것이 아니다. 그것들은 동전의 안팎처럼 시 속에서 상호작용하고 상호견제하면서 중용적 세계를 꿈꾼다"(「말들의 아포리아(2)─자연·인간·언어」, 『숲이 아름다운 것은 그곳이 비어 있기 때문이다』, 문학세계사, 1992). 선생님의 삶과 시에는 개인과 사회를 함께 감싸 안는 이러한 중용적인 연민이 스며 있다. 선생님의 초기 시에 등장하는 겨울 시편들에서도 폭설 속에서 얼어서 꺾이지만 회상에 잠긴 채 자신의 본성을 찾기 위한 극기의 질문을 하며 서 있는 겨울나무와 현실의 숱한 순정한 사람들에게 "겨울의/견고한 사랑을 말하여주고 있는"(「겨울의 사랑」) 시인의 따스한 음성이 배어 있다.

내 마음속에서 선생님은 삶에서나 시에서나 언제나 스승으로 살아 계시다. 선생님께서 시의 뿌리이자 은유로 삼고 있다고 하신 고향의, 노을에 반짝이는 서남해 보랏빛 바다를 닮은 선생님의 저음의 목소리가 그립다.

박형준

2부

가을, 그리고 겨울

말

이 빠진 늙은이라도 살고 있을 듯한 초막집 근처에서 말
[言語]들은 잠시 걸음을 멈추고 마당의 잡풀이랑 추녀랑 흙
담벽을 그리운 듯이 돌아보다가 땀을 뻘뻘 흘리고 있는 사람
의 집으로 간다. 멈칫거리면서 간다. 물살의 빛도 바람도 언
덕도 따라가고 어디서 부는지 모르는 피리 소리도 따라서 간
다. 가파른 계단을 한 걸음 한 걸음 올라가 허공에서 소실점
으로 사라지는, 머릿속에만 있으나 존재하지 않는 절대음처
럼, 말들은 사람의 집을 찾아서 아득히, 말들은 이제 보이지
않는다. 사람의 집도 보이지 않는다.

그대는 눈이 밝아

그대는 눈이 밝아 마른 풀숲으로
기어가는 실뱀을 실뱀이라 하고
억새풀을 억새풀이라 하고
그대는 눈이 밝아 공기의 입자들이
햇빛에 흔들리며 소리하는 것을 소리한다고
말하지 가령 그 소리가 지쳐 지나가는
말 떼에 놀라 깨어질지라도 깨어진 소리가
시간 속으로 지나는 것 보며 소리가 지나간다고
말하지 감히 그렇게 말하는 거지
그대는 눈이 밝아 눈이 밝아서
무지막지하게 군화 발자국이 들판을 짓이기고
라이보리가 목이 꺾이어 웅덩이에서 시들지라도
그대는 눈이 밝아 눈이 밝아서
라이보리가 시든다고 말하고
라이보리는 썩어서 모습 없는 모습으로
우리의 가시 영역 밖으로 사라져가고
우리의 가시 영역으로 돌아와
마른 풀숲에서 서걱거리고
헤아릴 수 없이 쓸쓸한 마음이

그 소리를 들으면서

일어설 때

일어서면서 흔들릴 때

그대는 눈이 밝아 눈이 밝아서

마른 풀숲이 흔들린다고 말하지

감히 그렇게 말하는 거지

양수리에서

이만한 학자와 더불어 한생을 사는 것이
얼마나 행복한 일이냐고
예찬을 아끼지 않았다는 그대는
저만큼 저 바위와 나무들 새로 어둠을 보았겠지
물 위로 흐르는 어둠을 책들은
적어나갔겠지 더는 걸칠 것
없는 중의적삼 입고 짐승같이 벌건 눈
뜨고 입 벌리고…… 책들은 보이는
곳에서 보이지 않는 곳에서 군생하는
잡초들을 적어나갔겠지

오늘 흐르는 것들의 편에서
손짓하는 양수리를 생각을 거두고 본다
실비처럼 가느다란 어둠이 내리고
도시의 골목골목에서 최루탄이 터져
사람들이 쿨룩거리고 빠른 물살처럼
사람들이 이리로 저리로 흘러가면서
소리친다 시간들이 소리친다
나는 어둠이 깔리는 강안을

지나 한 발 한 발 물속으로 걸어 들어간다
물이 허리에 잠기고 목에 잠기고 머리에
차올라온다 물이 머리에 차올라온다

꽃들이 흘러간다 꽃들은
상부에서 피어 열매를
맺고 떨어지지만
흐르는 꽃들은 우리 앞에
한 나라로, 한 전집*으로 낱낱이
피 흘리고 굶주린 중세中世를
적고 있다

* 다산茶山의 『여유당전서與猶堂全書』를 말함.

11월에 떨어진 꽃이

한 사냥꾼이 총을 메고 모자를 쓰고, 가죽 장화를 신고, 번쩍번쩍 빛나는 노란 눈을 굴리면서, 위풍당당하게, 종로 거리라면 꿍꿍꿍꿍 북을 울리면서 박자라도 맞춤 직하게 숲속을 뚫고 가고, 다음 사냥꾼도 같은 모습으로 가고 세번째 사냥꾼도 역시 같은 모습으로 기울어진 햇살처럼 들을 질러가고 있었다. 몰이꾼들이 떼 지어 따라가고 있었다. 흔적도 남기지 않았다…… 몇 차례 비가 내리고 기슭이나 언덕에서 상처 입은 짐승들이 끙끙거리고 11월의 떨어진 꽃이 기슭으로 흘러, 얼어붙고 녹아, 별빛을 받으며 번쩍거렸다.

그날 나는 무엇 때문인지 모르면서 벌판에 누워 있었다. 감각적으로 바람이 옷깃을 들추고 풀잎들이 사방에서 사운거렸다. 나에게 세상은 멀리멀리…… 펼쳐져서 슬로비디오처럼 돌아가고 물속의 시간들이 돌아가고, 나는 움직이지 않고, 꿈속에서 죽음의 꿈을 꾸고 있었다. 죽음 속에서 눈이 내렸다. 나무도 언덕도 마지막 날아간 새들의 그림자도 보이지 않았다. 늠실거리는 햇빛도 보이지 않았다.

이제 벌판은 누구의 것인가

하느님의 것인가 사냥꾼의 것인가

벌판에 쌓인 눈의 발자국의 것인가 발자국의 것인가.

말하기 전에, 나는

여느 때와 다르게

공기가 부풀어 오르고

담장이 유리 빛으로 빛나고

들녘의 잡초들이 바람에 날렸다

어떤 관목 숲으로도 서 있지 못하는

지상엔 지나간 시간의 상처뿐

십일월의 그림자들이 다도해 물결처럼 넘실거렸다

나는 과거에도 현재에도 속하고 싶지 않다

나는 잎 푸른 가지 속으로 들어가

내가 시름을 나눌 수 있는 의자와 책들 사물들

아직도 불 켜 있는 스탠드와 불안하기는 하지만

서쪽으로 열려진 창문들

　　　　　　바람은 언제나 나직이 흘러갔지

　　　　　　풀숲들이 나직이 속삭였지

　　　　　　나는 네 속으로 들어가

　　　　　　네 속에서 편안히 잠을

그러나 잠은 꿈일 뿐 나는 잠들 수 없었다

멀리 어둠의 가장자리에서 나무와 돌 사이

언덕과 구렁 사이 죄와 벌이 서성거리고

나는 잘려진 도마뱀처럼, 시간들을 진행형으로

떠올리지 못하고 토막토막, 나누어 이해했다

엉클어진 기억들이, 어둠 속에서 악머구리같이 아우성치며

유리창을 깨트리고, 오오, 말하기 전에, 나는,

이대토록 상처투성인지 몰랐다

나는 말에게 버림받았다

버림받은 말 속으로 한 줄기 빛이

나무들을 비추고 이파리들을 비추었다

어떤 확신의 말도 나는 할 수 없다

파충류가 얼굴에 달라붙는다

절망의 부레 찢어지는 소리 들린다

베드로

　골목에는 띄엄띄엄 병사들이 늘어서고 어둠이 소리 없이 밤으로 기어 들어갔다. 밤밖에는 아무것도 보이지 않았다. 나는 검은 벽면에 등을 붙이고 서 있었다. 시간들이 우수수 떨어지고, 시간들은 골목과 골목으로 토네이도처럼 쓸고 갔다. 다리가 후들후들 떨렸다. 나는 꽉 찬 밤의 모서리에 서 있었다. 언덕으로부터 가을이 우수수 떨어져왔다. 가을은 검푸른 망토를 쓴 유성과도 같이 그렇게 정수리를 울리며 떨어져왔다.

　밤손님이 내 목덜미를 움켜잡고 그들의 소굴로 데리고 갔다. 그들의 침상에 던졌다. 나는 며칠 동안 그들의 침상에 누워서 그들이 저녁마다 문을 밀고 나가는 소리와 문을 밀고 들어오는 소리를 들었다. 그들은 해거름에 올 때도 있었고 새벽녘에 올 때도 있었다. 그들은 소리에 대한 병적인 기호를 가지고 있는 것 같았다. 그들은 놀래는 것을 좋아하지 않았다. 그들은 살째기 웃고 손짓하고 방 안을 되는 대로 어지럽히면서, 세상을 치울 게 뭐람, 어차피 말세가 오면 세상은 뒤엎어지고 말 텐데, 하는 식으로 사방에 물건들을 늘어놓고 있었으며, 그 늘어놓음은 일종의 종교적인 의식인 듯했다. 어느 날, 비가 억수로 쏟아지던 날은 모두 창밖으로 나와 물끄러미 비를 그렇게도 천진한 눈으로 보고 있었는데, 그들 가운데는 여자도 있었고 늙은이도 있었고 종달새도 있었고 뱀도 있었다. 어떤 사람이 문둥이도 있다고 말했다. 그 소리를 듣자마자 나는 소스라치게 놀라 일어서서 빗속으로 뛰어나갔다. 나는 들판으로 나갔다. 그와 함께 목을 축이던 샘가로 갔다. 그곳에는 문둥이는 없었고, 그곳으로 가는 길도 없었고 무의미한 들판만이 고즈넉이 뻗어서 싸리나무 숲을 흔들고 있을 뿐이었다.

내 시는 시詩의 그림자뿐이네

시와 밤새 그 짓을 하고
지쳐서 허적허적 걸어 나가는
새벽이 마냥 없는 나라로 가서
생각해보자 생각해보자
무슨 힘이 잉잉거리는 벌 떼처럼
아침 꽃들을 찬란하게 하고
무엇이 꽃의 문을 활짝 열어젖히는지
어째서 얼굴 붉은 길을 걸어
말도 아니고 풍경도 아니고
말도 지나고 풍경도 지나서
소태 같은 나무 아래 서 있는지

아침 시

굴참나무는 공중으로 솟아오른다
해만 뜨면 솟아오르는 일을 한다
늘 새롭게 솟아오르므로 우리는
굴참나무가 새로운 줄 모른다
굴참나무는 아침 일찍 눈을 뜨고
일어나자마자 대문을 열고 안 보이는
나라로 간다 네거리 지나고 시장통과
철길을 건너 천관산 입구에 이르면
굴참나무의 마음은 벌써 달떠올라
해의 심장을 쫓는 예감에 싸인다

그때쯤이면 아이들도 산란한 꿈에서
깨어나 자전거의 페달을 밟고 검은 숲 위로
오른다 볼이 붉은 막내까지도 큼큼큼
기침을 하며 이파리들이 쏟아지듯 빛을
토하는 잡목 숲 옆구리를 빠져나가
공중으로 오른다 나무들이 일제히
손을 벌리고 아이들은 용케도 피해 간다
아이들의 길과 영토는 하늘에 있다

그곳에서는 새들과 무리 지어 비행할
수가 있다 그들은 종다리처럼 혹은
꽁지 붉은 산비둘기처럼 이 가지에서
저 가지로 포르릉포르릉 날며 흘러
내리는 햇빛을 굴참나무처럼 느낄 수 있다

오늘은 굼벵이 같은 나도

죽음조차도 색이 푸르게 물을 그리워하며 산 밑을 돌아가는 봄날에는

일을 멈추고 여인들은 치마 가득 바람을 맞는다 아지랑이들이 각각의 냄새를 풍기며

오얏나무에서 배꽃나무에로 넘실넘실 이동한다 벌들이 잉잉거린다

사방은 숨소리 하나 없이 고요하다 피라미들이 물 위로 떠오르고 나무들이 우듬지로 물을 나르면서 가지 끝 귀를 세운다

오늘은 굼벵이 같은 나도 허리를 세우고 귀를 모으고서 꽃상여처럼 찬란하게 봄을 엿듣는다

병상 일기

휘파람새들이 휘이익휘이익 하늘을 날고 뱀들이 이슬을
먹으러 오는 새벽이면 의사들은 가운을 입고 안경을 쓰고
머리 하얀 새들을 데리고 온다 그들은 잠을 잘 잤느냐
변을 보았느냐 묻는다 나는 그들의 손님이다 그들은 주사를
주고 노란 알약과 베드를 주고 하루 세 번 식사를 준다 여
섯 가지 풀로 된 식사다 그릇마다 향기가 소록소록
넘친다 저녁에는 아내가 엘란트라를 몰고 온다 여보 강
빛이 새들 같아요, 새들이 너무 눈부셔요, 나으면
우리, 한강 가요, 네, 저녁 해는
창밖에서 빛난다
아내도 빛난다
그러나 아내는
밤이면 새들을 데리고
집으로 가
베드에서 잠잔다
나도 베드에서 잔다
어쩌다 베드에 똥을 누기도 한다
똥 누는 일은 홀로 한다 모두 홀로 한다 다친 영혼이 몸을
떨며

창가에서, 휘파람새들이 기웃거린다
휘파람새들이 지금은 아프다

『겨울 깊은 물소리』(1986)에는 1980년대라는 어둠의 시대를 통과하며 느끼는 절망과 무력감이 강하게 자리 잡고 있다. 일종의 '말할 수 없음' '볼 수 없음'을 앓는 시인은 더 이상 '말'의 주체가 되지 못한다고 느낀다. 그저 '말'이 스스로 움직여 '사람의 집'을 찾아가는 여정을 묵묵히 뒤따를 수밖에 없다. "나는 어둠이 깔리는 강안을/지나 한 발 한 발 물속으로 걸어 들어간다"(「양수리에서」)는 대목에서 그가 침잠하며 들었을 겨울날의 물소리를 떠올려보게 된다.

『속이 보이는 심연으로』(1991)는 그 연장선상에 있는 시집으로, 시인의 절망이 더 깊어지면서 '말'과 '시간'에 대한 탐구도 심연을 향해 함께 깊어진다. "시간들이 가서 마을과 언덕에 눈이 쌓이고/생각들이 무거워지고/나무들이 축복처럼 서 있을 것"(「가을, 그리고 겨울」)이라고 말하는 시인은 거의 모든 풍경 속에서 "지나간 시간의 상처"(「말하기 전에, 나는」)들을 발견한다. 이 시기에 시인은 광주에서 직장생활을 하며 지리산, 무등산, 소록도 등 호남의 역사적 고통을 좀더 가까이 대면하게 되었고, 갑작스러운 병환으로 "고통의 문지방"(「고통의 문지방」)을 넘기도 했다.

그런 시간을 거쳐 중요한 전환점이 된 시집 『굴참나무숲에서 아이들이 온다』(1998)는 회복기의 노래라고 할 수 있다. 말과 시간과 질병에 가위눌렸던 몸과 정신은 자연의 생명력에 조금씩 치유되어간다. 풍경에 감응하는 감각과 사유가 한결 자유롭고 풍부해졌으며, 문체에 있어서도 산문적인 활달함이 느껴진다. 어둠을 뚫고 빛이 순간순간 터져 나오고 어디선가 웃음소리가 들려오기 시작한다. 때로는 침묵이 흐르는 "무색계의 시간"(「구천동 시론詩論」) 속에서 시인은 생각을 멈추고 고요히 풍경의 일부가 된다. 그 평화에 이르기까지 그는 참 오래도록 뒤척였을 것이다. 내면에 흐르는 수많은 물소리와 함께.

나희덕

너는 가야 한다

너는 가야 한다
마른 풀섶의 들쥐들이 풀씨를 찾아
이리저리 종종거리며 다닌 이때에
네가 남긴 발자국이 눈에 덮이고
흔적을 지워버릴 때까지
네가 가고 나면 들은 비워지리라
햇볕이 내려 나무숲은 고요하고
어떤 꽃도 다가가서 보는 이 없는
향기를 풀어내면서 져 내리고
이제 우리는 세계가 평화롭다고도
생각할 수 없고 쉽사리 역사를
자유스럽다고도 말할 수 없으리라
이제 우리는 외칠 수도 없으리라
돌아볼 수도 없으리라 작은 다리로
나이 든 사나이가 걸어가고
그의 그림자가 걸어가고
그는 뒤돌아보지도 않고
나를 부르지도 않으리라
어둠이 깔린 거리에서

그는 가고 볼 뿐

이제 너는 가야 한다

마른 풀섶의 들쥐들이 풀씨를 찾아

이리저리 종종거리며 다닌 이때에

네가 남긴 발자국이 눈에 덮이고

어둠에 서 있는 네 흔적을 지워버릴 때까지……

가을 인상

어쩌면 저렇게도 누추할까 싶은 종로3가 다정이라는 화식집에 들러 시인 김종해와 냄비국수를 먹고 차를 마시고 냅킨으로 입술을 훔친 다음 천천히 천천히 거리로 나왔다. 등 뒤에서 알맞게 뚱뚱한 마담이 안녕히 가세요 하였고 거리 벽과 간판과 공기와 유리창 들도 찬란한 이마를 들고 인사하였다. 나도 인사하였다. 눈여겨봐보라, 그 마음의 인사를, 그 말 속에 쓸쓸히 사라져가고 있는 시간들을, 그것들은 지금 제법 그럴듯하게 폼을 잡으며 수작 부리고 있는 정객들처럼 거짓말을 하고 있는 것이 아니다. 그것들은 헌특이니 직선제니 하고 말하고 있는 것이 아니다. 그것들은 수수만년의 섭리로 안녕 안녕 손 흔들며 사라져가고 있는 것이다. 코스모스 같은 시간들이 가고 있는 것이다. 우리와 함께 가고 있는 것이다.

가을, 그리고 겨울

깊은
가을 길로 걸어갔다
피아노 소리 뒤엉킨
예술학교 교정에는
희미한 빛이 남아 있고
언덕과 집들
어둠에 덮여
이상하게 안개비 뿌렸다
모든 것이 희미하고 아름다웠다
달리는 시간도 열렸다 닫히는 유리창도
무성하게 돋아난 마른 잡초들은
마을과 더불어 있고
시간을 통과해온 얼굴들은 투명하고
나무 아래 별들이 나타났다 사라졌다
모든 것이 아름다웠다 저마다의 슬픔으로
사물이 빛을 발하고 이별이 드넓어지고
세석細石에 눈이 내렸다
살아 있으므로 우리는 보게 될 것이다
시간들이 가서 마을과 언덕에 눈이 쌓이고

생각들이 무거워지고
나무들이 축복처럼 서 있을 것이다
소중한 것들은 언제나 저렇듯 무겁게
내린다고, 어느 날 말할 때가 올 것이다
눈이 떨면서 내릴 것이다
등불이 눈을 비출 것이다
등불이 사랑을 비출 것이다
내가 울고 있을 것이다

아들에게

영원할 것만 같았던

시간들을 본다

아무 생각 없이, 고통스럽게

지나가버린 시간들

다시 잡으려 해도 소용없는

시간 속으로 나는 되돌아갈 수 없으며

잃어버린 시간들을 다시 찾을 수도 없다

변해버린 사람과 깨어진 사랑

속에서 나는 걸음을 옮겨야 한다

남루한 저고리를 걸치고 모자를 쓰고

물푸레나무 우거진 길로, 물속으로,

이슬비 내리는 둑에서 나는 보아야 한다

세상이란 좋은 것이다

서로 잘 어깨동무하고

서로 잘 조화를 이루며 산다

비 내리는 둑에서

나뭇잎들은 푸르고

산 색은 살아나고

새로운 사람들이 슬픔 기쁨

으로 밤을 걸어가고 가끔 불 켜진
창을 올려다보며 그리워하기도 한다
날이 깊어간다 모든 것이 변하고
모든 기억이 희미해지고 모든
사랑이 딱딱한 사물로 변해간다
내 손에서 따스했던 네 손이 사라진다
이제 나는 잃어버리게 될 시간들
을 생각하고 시간들을 그리워하며
시간 속으로 들어간다 물푸레나무가
우거져 있다 시간들이 우거져 있다

비원 기억

펼쳐진 길을 따라 고궁을 지나다가
잎들이 떨어지는 작은 다방에서
당신을 보았습니다 긴 시간을
기다리기라도 했던 듯 당신의
목은 길어지고 목소리는 울렸습니다
그날 우리가 무슨 이야기를 나눴는지
기억에 없습니다만 시간들이 굉장히
빠르게 소리치면서 흘러가, 거리에 내리고,
거리를 덮고 다시 만났을 때는
더할 수 없을 정도로 눈이 내렸습니다
눈이 우리 사랑을 방해하지는 않았습니다
눈이 우리 발길을 유혹하여 돈화문을 지나고
부용정을 지나서 고샅길 같은
숲속으로 걸었댔습니다
종종 두 발이 눈 속에 빠져 비틀
거렸습니다만 그렇다고 눈이 시샘 많은
여자 같다는 생각은 않았습니다
눈이 우리 편이라고 생각했습니다
몇몇 새들이 가지 위에서 차가운

소리로 울었습니다 나도 울었습니다

그대여, 내가 그 겨울 어떻게 당신 손을 잡았는지

나는 모르겠습니다 부끄러움 때문이었을지도

모르겠습니다

나무가 자라는 집

나무가 자라는 집에서는 작고 애매한 파동이
아침 내내 일어 새들이 무리로 물어내어도
멈추지 않았습니다 집 안은 잡목 숲을 따라오는
파동 때문에 금세라도 지붕이 무너져 내릴 듯
했습니다 그 집의 역사가 유지되는 것은
순전히 숭숭 구멍을 뚫어대는 동박새라든가
딱따구리 새앙쥐의 역할인 듯했습니다
한낮이 되어 늙수그레한 남자가 나타나 비음이
심한 목소리로 무어라곤지 중얼거렸지만 파동은
조금치도 변동이 없었습니다 나무가 자라는
집을 구성하고 있는 지붕과 유리창 마루
거실 들은 파동에 떨고 반향하며 근원 같은
곳으로 사라지는 듯했습니다 오후가 되자
대문 두드리는 소리가 한동안 울렸건만
아무도 뒤란을 돌아 문을 따주러 가는
사람은 없었습니다 나무가 자라는 집은
더욱 깊은 파동 속으로 들어가 움쭉도
않았습니다 해 질 무렵 예의 남자가 잠시
나타나 뒷걸음치듯 주춤거렸지만 그것도

잠시, 남자는 잡목 숲으로 사라지고, 시간이
열렸다가 닫히고 나무가 자라는 집은
깊은 적막으로 빠져들어 갔습니다

독신의 아침

안개 속으로 부드러운
가지를 드러내는 버드나무들이
바람의 방향 따라 흔들리는 걸
보며 나는 옥수수빵으로 아침을
때우고 마루를 닦기 시작한다
책들을 치우고 의자를 옮기고
쓰레기통을 비운 뒤 구석구석
물걸레질하다 보면 현관으로는
햇빛이 들어와 물살처럼 고이고
바람이 산 밑으로 쓸리면서
우리가 이해할 수 없는 소리로
철새들이 말하며 가는 것을 본다
순간 나는 몸이 달아오르는 걸 느낀다
오늘 같은 날은, 나를 상자 속에 가두어
두고 그리운 것들이 모두 집 밖으로 나가고, 집 밖에 있다

달이 빈방으로

달이 빈방으로 넘어와

누추한 생애를 속속들이 비춥니다

그러고는 그것들을 하나하나 속옷처럼

개켜서 횃대에 겁니다 가는 실밥도

역력히 보입니다 대쪽 같은 임강빈 선생님이

죄 많다고 말씀하시고, 누가 엿들었을라,

막 뒤로 숨는 모습도 보입니다 죄 많다고

고백하는 이들의 부끄러운 얼굴이 겨울바람처럼

우우우우 대숲으로 빠져나가는 정경이 보입니다

모든 진상이 너무도 명백합니다

나는 눈을 감을 수도 없습니다

나는 너무 멀리 있다

날이 흐리고 가랑비 내리자 북쪽으로 가려던 새들이 날기를 멈추고 서 있다 오리나무 숲 새로 저녁은 죽음보다 조금 길게 내리고 산 밑으로는 사람들이 두엇 두런두런 얘기하며 가고 있다 어떤 충격이 없이도 사람의 모습은 아름답다 바람도 그들의 머리칼을 날리며 그들 식으로 말을 건넨다 바람의 친화력은 놀랍다 나는 바람의 말을 들으려고 귀를 모으지만 소리들은 예까지 오지 않고 중도에서 사라져버린다 나는 그것으로 됐다 나는 너무 멀리 있다 나는 유리창 너머로 마른나무들이 일어서고 반향하며 골짜기를 이루어 흘러가는 것을 보고 있다 나는 모두를 알 수 없다 나는 너무 멀리 있다 새들이 다시 날기를 멈추고 시간들이 어디로인지 달려가고 그림자들이 길 위에서 사라지는 것을 나는 보고 있다 이제 유리창 밖에는 새도 나무도 보이지 않는다 유리창 밖에는 유령처럼 내가 떠오르고 있다

집으로 가는 길

많은 길을 걸어 고향집 마루에 오른다
귀에 익은 어머님 말씀은 들리지 않고
공기는 썰렁하고 뒤꼍에서는 치운 바람이 돈다
나는 마루에 벌렁 드러눕는다 이내 그런
내가 눈물겨워진다 종내는 이렇게 홀로
누울 수밖에 없다는 말 때문이
아니라 마룻바닥에 감도는 처연한 고요
때문이다 마침내 나는 고요에 이르렀구나
한 달도 나무들도 오늘 내 고요를
결코 풀어주지는 못하리라

최하림 시인이 시 수업 중에 나를 호명하셨다. "시가 뭐라고 생각하나?" 시인의 물음은 차가워서 베일 것만 같았다. 더듬거리다, 머뭇거리다가 나는 "시가 사람이라고 생각합니다" 했다. 스승을 떠올릴 때마다 스승을 처음 만난 3월의 그 순간이 떠오르는 것은 그날 이후 내 대답의 방향이 늘 엇갈림 없이 스승을 향하고 있어서다. 시인과 나를 이어주었던 그 가느다란 끈 같은 것이 사람에 대한 질문과 대답 들로 이어져 있음을 나는 살면서 알았고 스승을 떠나보내면서 알았다. 최하림 시인을 덮어 싸고 있던 그 사람 냄새. 그 냄새는 시인이 몸으로 잡아챈 풍경에 겹쳐져 한 번 더 진해지고 짙어진다.

한번은 선생님을 뵈러 충청도 옥천에 갔을 때 강변 산책을 나가자고 하셨다. 흐르는 강을 정면에 두고 선생님과 나는 나란히 앉았다. 선생님께서 돌 하나를 주워 주시며 책 읽을 때 눌러놓으라 하셨다. 마침 그 돌은 내가 자리에 앉으면서 끌어당겨 내 앞에 놓아둔 돌이었다. 납작한 돌은 둥그렜다. 선생님도 그 돌을 좋아하신 것이 나는 기뻤다. 무엇보다 선생님 얼굴을 닮았다. 나는 아직 그 돌을 시집 읽을 때 사용한다.

이번 기회로 선생님의 시를 다시 읽는데 눈물이 날 정도

로 고독한 시간을 사셨던 황혼의 무렵들이 사무치게 다가
왔다. 인자하고도 한없이 다정했던 시인은 절대적인 고독을
살았다. 동시에 그 침묵은 시 불꽃을 꺼뜨리지 않겠다는 유
미주의자의 절규에 가까웠다는 것을 다시금 깨닫는다.

　최하림 시인이 그려낸 심연의 그림들은 손에 잡힐 듯 뜨
거운 채로 담담히 출렁거린다. 시인은 언어를 빌려 '눈[雪]'
을 많이 노래했고, '아이들'을 자주 등장시키며, '시詩' 물음
을 지속했다. 세 단어를 거느린 풍경들 속에는 '구원'과 '박
동'의 메시지가 놓여 있다. 구원과 박동이라 쓰고 보니, 시인
이 살고 견디느라 힘겨웠을 양축의 세계(시대)를 애써 이어
주는 단어 같아 자못 숙연해진다.

이병률

3부   다시 구천동으로

『풍경 뒤의 풍경』

『때로는 네가 보이지 않는다』

〈근작 시 2005~08〉

다시 구천동으로

반딧불이들이 밤이면
불을 켜고 날아다니는
구천동 길에는 검은 침목으로
지은 트래인재즈라는 카페가 있고
칡덩굴과 오리나무와 싸리나무 밤나무
포도밭 너덜들이 있다
그 길과 나무들은 어두워져가는
하늘로 뻗어가고 있다 헤드라이트를
켜고 나는 구불구불 산허리를 돌아
간다 라이트 속으로 들어오는 나무들은
검은 수평선을 배경으로 금목서처럼
번쩍거리고 어느 날 우리들이 함께
보았던 검은 산과 검은 집과 검은
언덕을 흑백사진처럼 떠올린다
길과 나무들이 있으므로 우리는
길 속으로 들어가 검은 산과 검은
집을, 검은 마을을 볼 수 있다
서쪽 하늘로 날아가는 검은 새들도
볼 수 있다 나막신 같은 하현달도

잠시 볼 수 있다 우리가 달과
새들을 보는 사이 어둠은 계속 내리고
가을이 깊어져서 싸리나무 이파리들이
떨어지고 썩어간다 오오
구천동이여 너는 마침내 떨어지고
썩어 구천으로 간다 오늘 밤 나는
정말로 구천동을 구천동이라고 부른다

갈마동에 가자고 아내가 말한다

갈마동에 가자고 아내가 말한다
풀숲에 반딧불이들이 언뜻언뜻
머리 들고 나오는 설천과 나제통문을 지나
거창 쪽으로 십여 분 달리면 산그늘이
빠르게 내리는 곳, 한 골짜기
어둠을 풀어놓은 실개천에
가랑잎이 무시로 쌓이고 햇빛이
그리운, 사람도 조금씩은
그리운,

나는 마을 앞 당산나무 아래 차를 세우고
한동안 덕유산을 본다 산은 어느 때고
물에 젖은 채 입 다물고 있다
침엽수들이 해마다 솟아오르면서
골짜기는 깊어가고 내를 따라 가을 물은
졸졸졸 흐르다가, 그것도 그치고 나면
일대는 무통의 적막뿐, 그뿐,
아내는 낮은 소리로 산을 보고 있으면
우리는 작아지고, 그림자들이 우리를

어둠 속으로 몰고 간다고, 나는
말없이 귀를 기울인다 말은
은빛으로 반짝이면서 저녁 하늘로
퍼져가다가 산 아래, 나무 아래, 돌 밑에 숨는다

여전히 아내와 나는 입 다물고
덕유산을 보고 있다 너무 슬프지
않고 심심하지 않게…… 한동안
어떤 사념이 머리를 흔들고 가는 것일까
바람 소리! 그림자와도 같은 바람 소리!
아내와 나는 놀란 듯 몸을 들고 일어선다
그러고 보니 어느새 밤도 어둑신히
저어기, 저렇게, 허수아비처럼 있다

호탄리 시편詩篇

어둔 길로 한 남자가 경운기를 몰고,
그 뒤로 여자가 계집아이를 업은 채 타고 있다
그들은 반달처럼 허리를 구부리고 있다
개 한 마리도 허리를 구부리고서
꼬리를 흔들며 뒤따르더니
어떤 영상이 보이는지
방향을 바꿔 추수가 끝난 논으로
뛰어가고 있다 까마귀들이 후두둑
후두둑 날고 있다 낮게 또 낮게

까마귀들은 어떤 논에는 내리고
어떤 논에는 내리지 않는다
까마귀들의 뒤로 저녁 공기가 빠르게 이동한다
왼편 골짜기에서 어스름이 달리듯이 내리고
시간들이 부딪치면서 부서지고
어떤 시간들은 문을 닫고 침묵 속으로 들어간다
침묵 속으로 강물 소리 들린다
나는 강물 소리를 들으려고 귀를 모은다
나는 유리창에 얼굴을 대고 귀 기울인다

이제 경운기는 없다 개 한 마리도 없다
어둠이 내린 들녘에는 검은 침묵이 장력을 얻어
물결처럼 넘실대면서 금강 쪽으로 흘러가기 시작한다
금강이 검게 빛난다

어디서 달이 뜨는지
마른 풀잎들이 서걱이는 모습이 보이고
밤새들이 날아오르고 소 팔러 갔던
사내들이 술에 취해 노래 부르는 소리 들리고 있다

나는 뭐라 말해야 할까요?

　우리는 많은 길을 걸었습니다 아침이면 등산화 끈을 질끈 조여 매고, 여름 햇살을 등지고 월령산을 넘어 꽃무덤에 이른 때도 있었고, 덕유산 아래 갈마동에서 눈이 내리는 저녁을 보는 때도 있었습니다. 12월이 지나고 1월이 오면 중북부 지방에는 복수초들이 눈 속에 솟아오른다지만, 우리는 겨울 내내 방 안에 박혀 티브이만 보았습니다 다시 봄이 다가와 돌담 아래 민들레꽃이 피어날 때에야 간신히 골목을 빠져나와 실크 머플러와도 같은 햇빛을 목에 두르고 길을 나섰습니다 우리는 강둑으로 갔습니다 우리는 물이거나 바람이거나 햇빛처럼 반짝였습니다 우리 몸에서는 수많은 모세혈관들이 입을 열고 햇빛을 내뿜고 있었습니다 버들강생이들도 입을 열었습니다 순간 폭포수와도 같은 소용돌이가 일었습니다 어떤 것도 정지하거나 움직이지 않았습니다 그런데 웬일일까요? 나는 이 변화를 뭐라 말해야 할까요? 내가 발을 멈추고 머뭇거리고 있는 사이, 나는 뒤돌아볼 틈이 없습니다 내가 뒤돌아보며 감정의 굽이를 돌아갈 때, 그대 모습은 사라지고, 나도 사라져버리고 맙니다

서상 書床

시인 김혜겸이 서상을 하나 선물로 가지고 왔다 헐어낸 고가에서 나온 구멍 숭숭 뚫린 널빤지를 정성스레 다듬고 네 귀에 나무못을 박고 가운데 서랍을 단 것이었다 도예가 이동욱이 만든 것이라고 했다 마루의 서쪽 벽면이 어울릴 것 같아 그 아래 두고 모시천을 깔고 작은 사발을 가만히 올려놓았다 흰 그늘 같은 것이 흐르는 듯했다 다음 날 아침에 보니 어디로 갔는지 사발이 보이지 않았다 다시 검붉은 기가 도는 갈색 꽃병을 올려놓았다 그것 역시 보이지 않았다 이번에는 시집을 한 권 올려놓았다 시집도 행방을 감추고 보이지 않았다 서상은 저 홀로 제시간에 흘러가는 어둠을 보고 싶은 듯했다 그리고 여러 날들이 지나갔다 우수도 지나가고 청명도 지나갔다 한식이 내일모레라는 날 나는 시를 쓰려고 이층 서재에서 파지를 수집 장 버리다가 작파하고 한밤에 층계로 한 걸음 한 걸음 내려갔다 나는 마루로 내려갔다 놀랍게도 마루에는 물과 같은 시간이 넘실거리면서 가고 있었다 서상은 시간 위에 둥둥 떠가고 있었다

구석방

　산 아래 이층 목조 건물은 긴 의자와 십여 개 유리창이 일제히 남으로 열려 있어 아침이면 햇빛이 쏟아져 들어오고 밤에는 별들이 내려왔다 개들이 컹컹컹컹 짖어댔다 나는 고해성사실과도 같은 이층 구석방으로 들어가 옷자락을 여미고 숨었다 구석방은 어두웠다 건축가 김수 선생님은 그날 지은 죄를 고하고 사함을 받으라고 구석방을 마련한 모양이지만 나는 고해할 줄 몰랐다 고해를 해본 적이 없었다 나는 죄의 대야에 두 발을 담그고 이따금씩 잠을 잤다 잠이 들면 새들이 소리 없이 언덕을 넘어가고 언덕 아래로는 밤 열차가 덜커덩덜커덩 쇠바퀴를 굴리며 지나갔다 간간이 기적을 울리며 가기도 했다 나는 자다 말고 벌떡벌떡 일어나 층계를 타고 내려갔다 냉장고 문을 열었다 우유를 꺼내 마셨다 토마토도 몇 개 베어 먹었다 밤은 아직도 멀었는지 창밖으로는 새까맣게 어둠이 흘러갔고 나는 의자에 주저앉았다 의자는 딱딱했다 의자가 밤 속으로 흘러갔다 다음 날도 그다음 날도 의자는 계속 흘러가고 있었다

99

할머니들이 겨울 배추를 다듬는다

얼음장 아래 흰 물이 흐르고 슬레이트 지붕을 한
토담집 예닐곱 채 황태처럼 언덕에 매달렸다
오늘이 소한小寒인 것도 모르고
할머니들은 햇볕으로 나와
겨울 배추를 다듬는다
둥근 해가 잠시 잠깐
거기 머문다
새들도 날기를 멈추고
공중에 기우뚱하니 있다
온갖 것들이 햇빛을 그리며
햇빛 속으로 꾸역꾸역 밀고 나온 양지말에서
할머니들은 배추를 다듬으며 햇볕 속에
오래오래 있다

어디서 손님이 오고 계신지

문호리로 이사 간다는 소식을 전해 듣고 아산雅山 선생님이 보내주신 매화가 연 이태 눈을 틔운 것으로 그치더니 올해는 동지를 앞두고 꽃들이 활짝 피었다 향기가 복도로 퍼져 나갔다 아내는 층계참에 쭈그려 앉고 나는 창가에 앉았다 바람이 부는지 창밖에서는 구름이 이동하고 또 이동했다 마음을 갈앉으려고 나는 청소기로 거실과 복도를 서너 차례 민 뒤 이층으로 올라가 책들을 정리했다 책상 위에 책들을 한 권 한 권 제자리에 꽂고 있는 동안에도 어디 먼 데서 손님이 오고 계신지 마음이 흔들리고 유리창들도 덜커덩거렸다

신성 노동

봄물이 찰랑찰랑한 저수지 아랫논을 써레로 밀어 반반하게 다스리시던 할아버지의 긴 노동이 헛간에 있습니다 때 절은 베잠방이도 있습니다 할아버지의 아들인 우리 아버지가 들에 나갈 때마다 어깨에 메고 가시던 쇠스랑과 곡괭이도 있습니다 삽과 낫과 호미도 있습니다 작두도 있습니다 장도리도 있습니다 이제는 용도 폐기된 연장들이 옛 농업 방식과 함께 먼지를 뒤집어쓰고 있습니다

바다 건너 도초에서 시집오신 우리 어머니는 오늘도 밭에 나가 김매고 고랑 내고 고들빼기와 냉이를 캐시다가 저녁 햇살이 어른거리는 판자울을 가만가만 돌아오십니다 어머니는 판자울 끝에서 걸음을 멈추고 헛간을 봅니다 어머니는 헛간으로 들어갑니다 어머니는 먼지 슨 연장들을 털고 정비하고 일으켜 세웁니다 어머니는 그렇게 정성으로 우리 가계家系를 돌보시고 일으켜 세우십니다

나는 오늘 저녁 어머니의 정성을 세세히 봅니다
어스름을 끌고 어머니의 뒷모습이 마당에서 뒤껼으로 돌아가시는 것을 봅니다

아아, 나도 마당에서 뒤꼍으로 어머니를 따라가봅니다

어머니가 언덕을 넘고 넘어가는 것을 봅니다 어머니가 마을 앞 당나무처럼 장엄하게 노을 속으로 들어가 타오르는 것을 봅니다

소한

겨울 종소리는 듣기에도 사무친다고
말씀하시던 청화 스님이 생각나서
성령사에 갔더니, 스님은 어디 갔는지
보이지 않고 대웅보전 처마에서
풍경만이 뎅그렁뎅그렁 울고 있었다
한밤에는 달이 하늘 정중에 떠서
섬진강을 비췄다 나무들이 놀란 듯
물속으로 일제히 뛰어 들어갔다 새벽에는
수은주가 자꾸 아래로 내려갔다
해가 떠오르자마자 나는 차를 잡아타고
곡성을 거쳐 구례로 달려갔다
여관 문을 밀고 들어갔다 뚱뚱한
여주인이 다스운 물을 떠가지고 와서
"이런 날은 눈이 와도 한참 오겠어요
집 안에 들어박혀 마음을 다스리는 것
이 상책이겠어요" 했다 나는 다스운 물
을 꿀꺽꿀꺽 마시고 마음을 다스리려고
벽면을 오랫동안 보았다

선생님의 시는 자연을 닮아 자연스러웠다. 억지로 구부리거나 자른 흔적이 없었다. 찬찬히 살피는 눈길, 부드러운 갈피들은 있었다. 선생님의 시를 읽다 보면 슬픔이라거나 고통이라고 이름 붙일 수 있는 것들이 얼음 조각처럼, 서늘한 바람처럼 나를 쓰윽 베고 가는 순간은 있었다. 이 순간을 제외한 거의 모든 풍경에는 "오늘 밤 나는/정말로 구천동을 구천동이라고 부른다"(「다시 구천동으로」)에 이르는 형형함이 있었다.

1998년에서 2008년 사이 쓰신 시들, 즉 두 권의 시집과 미처 시집으로 못 묶인 스물한 편의 시를 다시 천천히 읽었다. 충북 영동의 호탄리에서 그리고 경기도 양평의 문호리에 계시면서 쓰신 시편들이다. 처음 읽었을 때보다 나 또한 한참의 시간이 흐르고 보니, 선생님이 닿고자 하셨던 방향을 조금은 더 알겠다. 선생님은 언제나 일상의 작은 기척으로 머무르셨다는 것도 알겠다. 그래서 "너무 슬프지/않고 심심하지 않게"(「갈마동에 가자고 아내가 말한다」), 즉 선생님이 당도하고자 하셨던 '자연의 언어' 가까이라고 여겨지는 시들을 골라보았다.

선생님이 쓰신 이 미지근함이 시가 갈 수 있는 한 절정이었음을 오늘에서야 깨닫는다. 구도로 본다면 위로부터 8분의 7은 하늘, 허공, 바람, 산 그림자, 그 속으로 들어가는 길. 그리고 겨우 8분의 1 정도, 땅에서부터 비롯되는 그곳, 흔히 사소한 일상이라고 부르는 곳, 선생님은 내내 그걸 보셨구나, 그걸 쓰셨구나, 나는 오늘에서야 안다.

선생님의 구도를 처음 본다. 시는 어떤 곳에 따로 있는 것이 아니고, 아무 곳에나, 그러니까 시는 모든 것이라고. 선생님은 시는 땅에서부터 8분의 1이면 충분하다고 얘기하시는 것 같다. 시든 삶이든 여전히, 어쩌면 점점 더 어렵기만 해요, 고백하는 내게, 그리고 우리에게, 두려움이 몰려올 때 한 번씩 보라고, 선생님은 이미 설계해놓으셨던 것 같다. "아침이면 햇빛이 쏟아져 들어오고 밤에는 별들이 내려"(「구석방」)오는 8분의 1 구도를.

이원

의자

유리창 앞에
의자가 하나 있고
서너 권의 책들이 있고
난로가 바알갛게 불을 켜고
있다 벽시계도 있다
거실에는 겨울 햇빛이 들어와
의자 위에서 흘러내리고
벽시계에서는 똑. 딱. 똑. 딱.
초침 돌아가는 소리 간단없이 울린다
나는 책들과 일정한 거리를 두고 있다
난로와도 거리를 두고 있다
나는 책들과 다르고
난로와도 다르고
벽시계와도
햇빛과도
다르다
거실에는 서로 다른 것들이
용케도 어울려 굴뚝을 타고 오르는
담쟁이덩굴처럼 시간 속으로 한없이

뻗어가고 있다
밤새 마당엔 눈이 내려
마당과 싸리나무는 눈에
덮히고 마당과 싸리나무는 지금
눈 속에 하얀 빛과 소리로
있다 하얀 시간으로 있다
오오, 나의 너인 의자여
빛이 어둠 속으로 함몰되어가듯이
나는 네 속에서 하얀, 어둠이
내리는 마당을 보고 있다
싸리나무를 보고 있다

포플러들아 포플러들아

더 이상 종달이는 높이 날지
않는다 봄날은 지나가버렸다
긴 의자에 사람들은 오지 않고
시간은 주춤주춤 고장난 시계처럼
흘러간다 나는 창문을 빠끔히 열고
시간의 자국들을 보고 있다
이태리 포플러들이 강 건너 연푸른
가지를 드러내며 가지런히 있다
무슨 신호를 공중으로 보내고 있는 것 같다
오오 포플러들아 포플러들아
멈칫거리지 말고 말하라 바람은
언제나 흐르는 것이 아니다 바람의
날개에는 솜털 같은 은유들이 실려 있고
은유들은 희망도 없이 부서져 내린다
들판은 멀고 멀다 개울로 흘러가는
물들은 병들었다 수 세기를 두고
오염된 세상은 이제 종달이 하나
떠올릴 힘이 없다

억새풀들이 그들의 소리로

억새풀들이 그들의 소리로 왁자지껄 떠들다가

한 지평선에서 그림자로 눕는 저녁,

나는 옷 벗고 살 벗고 생각들도 벗어버리고

찬 마루에 등을 대고 눕는다 뒷마당에서는

쓰르라미 같은 것들이 발끝까지 젖어서

쓰르르쓰르르 울고 있다 감각은

끝을 모르고 흘러간다고 할 수밖에

없다

첫 시집*을 보며

　은빛 서리들이 눈부시게 반짝이는 11월 아침 나는 서재로
가 첫 시집을 꺼내 읽는다 시들은 거의 모두 일자一字 행렬로
지나가지만 어떤 시들은 새들 모양 포르릉포르릉 날아오르
면서 가슴을 치고 울린다 나는 건반을 가만히 누른다 소리들
은 천장으로 솟아올랐다가 내려오면서 딱따구리처럼 실내
를 시끄럽게 한다 나는 불필요한 단어를 지우고 행을 바꾸어
도 딱따구리 소리는 멈추지 않고

　　　　　　　　　　　　　　　　　　　계속 울린다
　나는 잠시 시집을 접고 시대를 생각한다 시대의 숲속으로
들어간다 칡덩굴과 잡목 숲이 길을 막고 시대와는 또 다른
소리로 공기를 흔든다 나는 귀를 모은다 멀리 솔잎 떨어지는
소리 들리고 어디서 본 듯한 사람의 등이 보이고 그늘에는
고요가 내려앉는다 어느덧 가을이 가고 겨울이 온다 고요는
겨울의 눈 속에

　　　　　　　　　　　　　　　　　　　　　묻힌다
　나는 다시 시집을 펴고 읽는다 유리창으로 들어오는 햇빛
을 타고 조으름이 안개같이 스며들고 방 안 구석구석 괘종시

계며 유리그릇들이 움직이기 시작한다 의자며 책이며 서까
래도 움직이기 시작한다 이제 방 안은 넓어 기물들이 여러
겹으로 얼비치고 황혼이 다가와 출렁거린다 황혼이 오랫동
안 창가에 머물렀다가

사라져간다

　나는 황혼과 어스름 사이 시간들이 떼 몰려 가는 것을 본
다 한때 나의 기도와도 같았던, 어머니의 어머니도 저만큼
바라보기만 했던 나의 시집이여…… 켜켜이 먼지를 뒤집어
쓰고 있는 시집이여…… 황혼이 내리는 시간에도 자고 눈 내
리는 날에도 자고 또 내리는 날에도 자거라 생각지 말고, 뒤
척이지 말고……, 네가 자면 어느 날 나도 고요 속으로 내려
가 자게 되리니

＊『우리들을 위하여』(1976).

바람이 센 듯해서

바람이 조금 센 듯해서 커튼을 치려고
유리창 앞으로 가자 나무들이 흔들리는
소리와 함께 희끄무레한 얼굴이
떠올랐습니다 어디서 본 듯
했습니다 그래 말했지요
나는 아침마다 설거지하고
아내를 하나로마트에 데려다주고
중미산을 넘어 설악동을 달린다고
요즘에는 거의 매일 설거지하고
마트에 가고 설악동으로 달리는데
공기가 심하게 부풀면서 굵은 비가
쏟아지는 날은 조심조심 브레이크를 밟고
차를 길가에 세운다고 삶이
위태롭지 않은 것은 아니지만
나무들이 흔들리고 흙탕물이 쏟아지고
차를 세우려면 왠지 슬퍼진다고
시 또한 슬퍼진다고

시월은

시월은 북한강 물이 마르고 등고선을 넘어온 산들이

그늘에 잠기고 하늘과 나무가 흰 머리를 내밉니다

시월은 밤이 가고 아침이 옵니다 시월은 털이 덜 난

사람들이 다시금 들녘을 헤매고 바람 많은 실내에서는

여인들이 이불을 한 채 깁고도 성이 차지 않아 또 한 채 깁
습니다

아아 시월은 눈물이 타는 서쪽 창문을 바람이 활짝활짝
열어젖히고

붉은 자전거를 타고 집배원이 달리고

부고와 청첩장이 날아들고

김우창 선생님의 초대를 받은 시인들이 신발끈을 매고

서둘러 집을 나섭니다

시월은 모두 바쁘고 모두

충만하고 모두

칩습니다

기억할 만한 어느 저녁

마루

저편에

사방탁자와 문갑

의자와 책들

때 묻은 살림들이

있고 먼지와 바람도 있다 아내는

신경을 죽이고 뒤꼍으로 나간다

아내의 뒤로 소리들이 따라 나간다

나는 현관문을 열고 밖으로 간다

보이지 않지만

언덕길은 구부러지고 무슨

징표처럼 한쪽이 허물어지고 한쪽이

비어간다 나는 대빗자루를 들고

마당을 쓴다 아내의 넋두리가 일정

음정으로 울린다 나는 계속 마당을

쓴다 마당이 넓어지면서 앞산이 가까이

다가서고 금강 상류도 소리를 죽이고

흘러간다 배고픈 산비둘기들이 구구구구

운다 나는 강둑길로 내려서려다 말고

낙조가 들이비쳐 속살까지 붉은
강심을 물끄러미 본다 강심이
거울 속처럼 환하게 타고 있다

언뜻언뜻 눈 내리고

언뜻언뜻 눈 내리고
바람 불고 마른풀들이
일어서는 중미산 언덕에서
어느 누가 홀로 서 있다 할지라도
소리들은 하염없이 빠져나가노니
날이 저물고 또 저물어
아무 병 없으면
우리도 저렇듯 아름다워지겠다고
할 수 있겠지요

가을 편지

그대가 한길에 서 있는 것은 그곳으로 가을이 한꺼번에 떠들썩하게 빠져나가고 있다고 나에게 말해주고 있는 셈이겠습니다 그대가 역두驛頭에 서 있다든지 빌딩 아래로 간다든지 우체국으로 가는 것도 수사가 다르긴 하되 유사한 뜻이 되겠습니다

날마다 세상에는 이런저런 일들이 일어나고
바람과 햇빛이 반복해서 지나가고
보이지 않게 시간들이 무량으로 흘러갑니다
그대는 시간 위로 흘러가고 있습니다
그대에게 나는 지금 결정의 편지를 써야 합니다
결정의 내용이 무엇인지 알 수 없습니다
시간 위에 떠 있는 우리는 도무지 시간의 내용을
알 수 없으니 결정의 내용 또한 알 수 없는 일이겠습니다

목조건물

1

한 골을 넘고 두 골을 넘어서자 물소리 잦아들고 나무들은 그들의 소리로 울며 공중 높이 솟아오르고 별이 내린다 새벽에는 가는 비 후드득후드득 지붕과 유리창을 때린다 빗물은 홈통을 타고 흘러내리면서 층계와 복도를 울린다 목조건물 전체가 가늘게 한없이 진동한다

2

사내는 무엇이 슬픈지 현관문을 꼭꼭 닫고 안방 문을 닫고 층계를 올라간다 이층 마루를 건너 구석방으로 들어간다 의자에 앉는다 반쯤 열린 창으로 직사각형의 풍경이 물밀듯 들어오고 풍경의 뒤를 따라 다른 풍경들이 들어온다 바람이 이는지 풍경들이 흔들린다 오리나무와 산벚나무 생강나무 낙엽송 들도 흔들리면서 물비단 같은 시간 속으로 간다 시간이 자꾸 간다 8월이 가고 9월이 간다

3

목조건물은 계속 산속으로 들어간다 수은주는 내려가고 유리창은 타오르고 햇빛은 이파리들을 타고 흘러내린다 새들이 그늘 속으로 들어간다 양치식물들이 숨을 죽인다 사내는 구석방으로 더욱 깊이 들어가 꼼짝 않고 있다 책상도 의자도 책들도 꼼짝달싹 않는다 벽시계가 땡땡땡 3시를 치고 7시를 쳐도 구석방의 침묵은 동요하지 않고 완강하게 그의 모습을 지킨다 한밤에는 달이 떠올라 지붕과 처마와 유리창과 창고와 창고의 쥐구멍들을 처연하면서도 아주 구체적으로 속속들이 비춘다 달은 쥐구멍의 구멍 속까지도 파고들어가 구멍의 쥐똥들과 쥐털과 도토리 열매를 똑똑히 보고 확인한다

4

10월이 가고 11월이 온다 오리나무와 산벚나무 이파리들이 노랗게 황금빛으로 물들었다가 떨어지고 이파리들이 채곡채곡 골을 덮는다 고라니와 너구리 들이 달려온다 새벽에는 서릿발이 돋고 눈이 내리다가 멈추더니 다시 내린다 사내는 현관문을 열고 눈 속으로 사라진 길을 찾아서 한 걸음 한 걸음 걸어간다 사내는 언덕을 넘고 들판을 건너간다 들판에는 몇 그루 침엽수들이 있다 어떤 것은 작고 어떤 것은 크다

산 자와 죽은 자 들도 그곳에서는 함께 있다 바람도 햇빛도
함께 있다

돌이켜보면 선생은 언제나 내게 의자처럼 있고, 또 있으시었다. 의자에 앉은 선생의 뒤에 서서 시선을 어디에 두어야 할지 몰라 선생의 주름진 목덜미나 가만히 오래도 내려다본 적이 있었는데, 붉었다. 그 붉은 기를 기척으로 잘 익은 능금 같은 것을 과도로 탁탁 쳐서 껍질을 벗겨낼라치면 선생의 유독 붉었던 두 뺨이 떠올라서, 웃었다. 그 웃음을 울음으로 나는 선생의 영정 사진 앞에 절을 하고는 방싯방싯 또 만나요 유치원 마치고 선생님에게 손 흔들며 집에 가는 아이처럼 인사할 수 있었는데 그게 글쎄 꼬박 10년 전이다. 그사이 나는 몇 개의 의자를 더 들였던가. 의자는 내가 앉았을 때보다 의자는 내가 앉지 아니하였을 때 진짜 의자란 것일 수 있겠구나 어렴풋하게 알아버린 지금 멀리서 두고 보는 일에 있어서의 거리도 새삼 깨닫게 되었는데, 그 두고 보기로 말미암아 나는 다름도 재차 이해하게 되었는데, 그 덕으로 내가 누리게 된 자유의 가차없고 얄짤없는 비정의 정시여, 선생의 참도 끝 간 데 없는 절망은 어쩜 이리도 가뿐한 쓰르라미의 뒷발인 것인지 기운 가벼움의 공기 아니고 겹으로 얼비친 고요는 어쩜 이리도 투명한 십일월의 눈발인 것인지. "자거라 생각지 말고, 뒤척이지 말고……"(「첫 시집을 보며」). 예의 그런 말씀 한낮 볕 좋은 양평 댁 거실 소파에 등을 기댄 채 선생은 나지막하게 뱉곤 하시었는데 선생의 심중을 헤아리기보다 선생이 입고 있던 바랜 하늘색 조끼의 단추나 세는 게 그 즉시 나의 재미였다 할 적에 이제 와 감기도 아닌 것이 왕왕 코를 풀게 된 데는 이 대목에서 자주 서성거린 탓도 있을 게다. "나무들이 흔들리고 흙탕물이 쏟아지고/차를 세우려면 왠지 슬퍼진다고"(「바람이 센 듯해서」). 그래, 시는 그래서, 그럴 때, 그렇게, 슬픈 거구나. "이한열과 박종철이 있다 김상진이/있다 아무도 말하지 않았던 사람들이 있다/집으로 돌아가던 사람들이 있다"(「지리산 넘어 수십만 되새들이」). 그래 여전히, 아직도, 어쩌면, 집으로 안 돌아오는 사람들이 있어 여인들은 "이불을 한 채 깁고도 성이 차지 않아 또 한 채 깁"(「시월은」)고 있는 것이렷다. 시는 더 써서 무얼 하겠냐, 내가 세상에 무슨 미련이 더 있겠냐. 이렇게 말간 얼굴로 나를 보는 사람이 세상에 또 있을 수 있을까 싶게 병상의 선생은 퍽도 예쁘시었고, 선생의 말에 끝끝내 아무런 대꾸도 하지 못한 나는 "우체국으로 가는 것도 수사가 다르긴 하되 유사한 뜻이 되겠"(「가을 편지」)다라는 시 한 구절을 이제야 가지고야 마는 것이다. 그게 글쎄 꼬박 10년 만이다.

김민정

연보

1939년	전남 신안군 안좌면 원산리에서 태어남(최성봉 씨와
	김호단 씨의 2남 1녀 중 장남. 본명 최호남崔虎男).
1945년	초등학교에 입학함.
1949년	33세를 일기로 부친 별세.
1955년	미술평론가 원동석을 비롯, 김병곤, 김중식, 윤종석,
	정일진 등과 고교 시절 문학 공부를 함.
1962년	『조선일보』 신춘문예에 시 「회색수기灰色手記」가 입선.
	목포의 한 다방에서 김현을 만남.
1963년	김현, 김승옥, 김치수와 함께 동인지
	『산문시대散文時代』를 펴냄.
	『산문시대』는 1965년 4호까지 나옴.
1964년	『조선일보』 신춘문예에 시 「빈약한 올페의 회상」이
	당선됨.
1966년	시사영어사를 거쳐 삼성출판사에 입사.
	이후 직장 생활의 타성에 빠짐. 시를 거의 폐업하고
	미술과 역사에 몰두함.
	역사 경도 시기, 민중적 삶과 언어에 눈을 뜸.
	정치학자 최장집 교수와 미술사학자 최완수 등과 친교.
1969년	장숙희 씨와 결혼. 슬하에 유정, 승린, 승집, 1남 2녀의
	자식을 둠.
1972년	시론 「60년대 시인의식」을 『현대문학』에 발표.
1973년	미술평론 「유종열의 한국 미술관」 발표.
1976년	첫 시집 『우리들을 위하여』(창작과비평사)를 펴냄.
1979년	미술 산문집 『한국인의 멋』(지식산업사)을 펴냄.
1981년	김수영 평전 『자유인의 초상』(문학세계사)을 펴냄.

엮은이 소개

장석남

1987년『경향신문』신춘문예를 통해 시를 발표하기 시작했다. 시집으로『새떼들에게로의 망명』『지금은 간신히 아무도 그립지 않을 무렵』『젖은 눈』『왼쪽 가슴 아래께에 온 통증』『미소는, 어디로 가시려는가』『뺨에 서쪽을 빛내다』『고요는 도망가지 말아라』『꽃 밟을 일을 근심하다』 등이 있다.

박형준

1991년『한국일보』신춘문예를 통해 시를 발표하기 시작했다. 시집으로『나는 이제 소멸에 대해서 이야기하련다』『빵냄새를 풍기는 거울』『물속까지 잎사귀가 피어 있다』『춤』『생각날 때마다 울었다』『불탄 집』 등이 있다.

나희덕

1989년『중앙일보』신춘문예를 통해 시를 발표하기 시작했다. 시집으로『뿌리에게』『그 말이 잎을 물들였다』『그곳이 멀지 않다』『어두워진다는 것』『사라진 손바닥』『야생사과』『말들이 돌아오는 시간』『파일명 서정시』 등이 있다.

이병률

1995년『한국일보』신춘문예를 통해 시를 발표하기 시작했다. 시집으로『당신은 어딘가로 가려 한다』『바람의 사생활』『찬란』『눈사람 여관』『바다는 잘 있습니다』 등이 있다.

이원

1992년『세계의 문학』가을호를 통해 시를 발표하기 시작했다.
시집으로『그들이 지구를 지배했을 때』『야후!의 강물에 천 개의
달이 뜬다』『세상에서 가장 가벼운 오토바이』『불가능한 종이의
역사』『사랑은 탄생하라』『나는 나의 다정한 얼룩말』등이 있다.

김민정

1999년 문예중앙 신인문학상을 통해 시를 발표하기 시작했다.
시집으로『날으는 고슴도치 아가씨』『그녀가 처음, 느끼기
시작했다』『아름답고 쓸모없기를』『너의 거기는 작고 나의
여기는 커서 우리들은 헤어지는 중입니다』등이 있다.